베스트 한국 전래 동화 09

솥 안에 든 거인

글 송종호 ㅣ 그림 신소영

어느 산골 마을에 지혜로운 한 소년이 살고 있었어요.
어느 날, 아버지가 집을 나서며 말했어요.
"얘야, 산에 가서 나무를 해 오마. 그러니
집 잘 보고 있거라."
"네, 아버지! 조심해서 다녀오세요!"
소년은 하루 종일 집안일을 열심히 하였어요.
그런데 밤이 깊어가도록 아버지가 돌아오지 않았어요.

다음 날 아침까지 아버지는 아무 소식이 없었어요.
소년은 몹시 걱정이 되어 발을 동동 굴렀어요.
"아버지에게 무슨 일이 생긴 게 분명해.
아버지를 찾으러 가야겠어!"
소년은 용감하게 산으로 올라갔어요.
"아버지! 어디 계세요?"
소년은 큰 소리로 아버지를 불렀어요.
하지만 소년의 목소리만이 메아리*가 되어
돌아올 뿐이었어요.

*메아리 : 소리를 지를 때 마주 울리는 소리.

7

소년은 산 속을 오랫동안 헤맸어요.
배도 고파 오고 기운도 점점 빠졌지요.
"안 되겠다. 잠시 쉬었다 가야지."
소년은 커다란 나무에 기대어 쉬다가
그만 **깜빡** 잠이 들고 말았어요.
그렇게 얼마나 잠을 잤을까요?
갑자기 소년의 앞에 산신령*이 나타났어요.

*산신령 : 산을 맡아 보호하는 신령.

8

10

"애야, 어서 일어나거라.
네 아버지가 못된 거인에게 잡혀갔단다!"
"네? 아버지가 거인에게 잡혀갔다고요?
그럼 어떻게 해야 아버지를 구할 수 있나요?"
"벼룩* 한 말, 빈대* 한 말, 바늘 한 말을 준비하여
거인의 집을 찾아가거라."
산신령은 이렇게 말하고는 홀연히 사라져 버렸어요.
그 순간 소년이 잠에서 번쩍 깨어났어요.

*벼룩 : 사람과 동물의 피를 빨며 병원균을 옮기기도 함.
*빈대 : 사람의 피를 빠는 동글납작한 벌레.

"큰일났네! 어서 아버지를 구해 드려야겠어!"
소년은 구르듯 산을 뛰어내려가
마을 사람들에게 사정 이야기를 했어요.
"저런, 못된 거인 같으니라고!"
"우리가 도와 주마! 어서 가서 아버지를 구하렴!"
마을 사람들은 벼룩 한 말, 빈대 한 말, 바늘 한 말을
소년에게 얼른 모아 주었답니다.

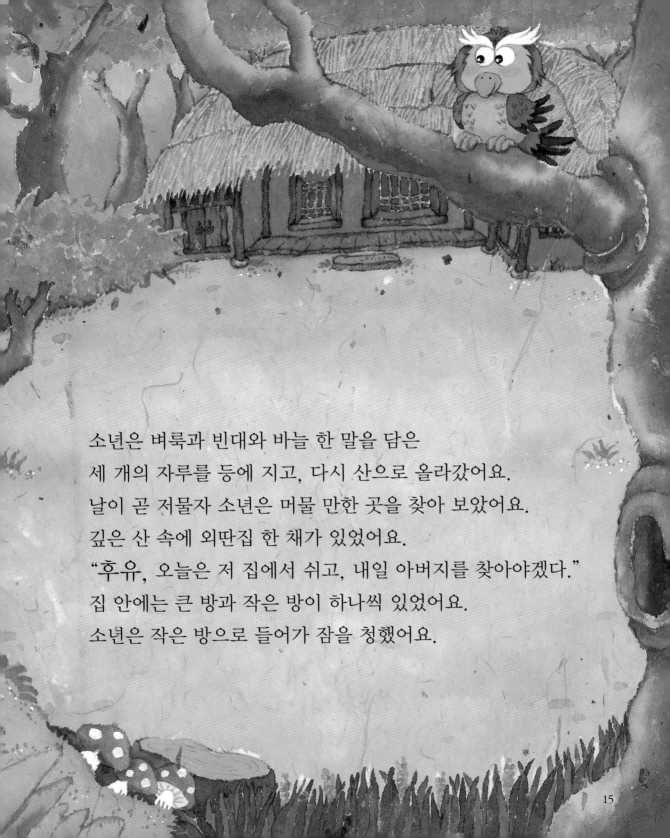

소년은 벼룩과 빈대와 바늘 한 말을 담은
세 개의 자루를 등에 지고, 다시 산으로 올라갔어요.
날이 곧 저물자 소년은 머물 만한 곳을 찾아 보았어요.
깊은 산 속에 외딴집 한 채가 있었어요.
"후유, 오늘은 저 집에서 쉬고, 내일 아버지를 찾아야겠다."
집 안에는 큰 방과 작은 방이 하나씩 있었어요.
소년은 작은 방으로 들어가 잠을 청했어요.

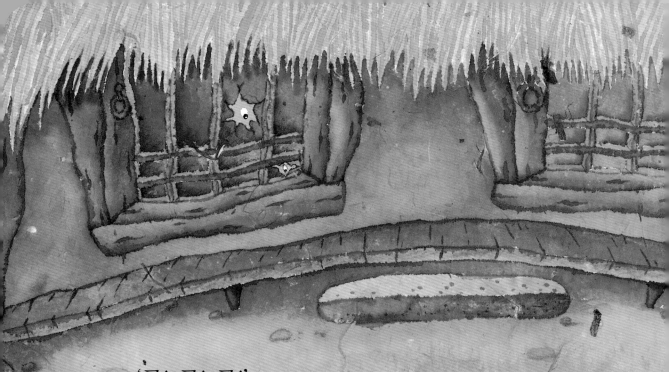

'쿵! 쿵! 쿵!'

바로 그 때 밖에서 커다란 소리가 들려 왔어요.

소년이 문틈으로 내다보니

험상궂은 거인이 광* 앞에서 소리를 지르고 있었어요.

"내가 이름을 부르면 큰 소리로 대답해.

대답하지 않는 사람은 크게 혼날 줄 알아.

이 서방! 김 서방! 박 서방! 홍 서방! 문 서방……."

"네, 네!"

광 안에서 사람들의 목소리가 새어 나왔어요.

그 중에 소년의 아버지도 있었답니다.

*광 : 집안 살림의 물건 따위를 넣어 두는 곳간.

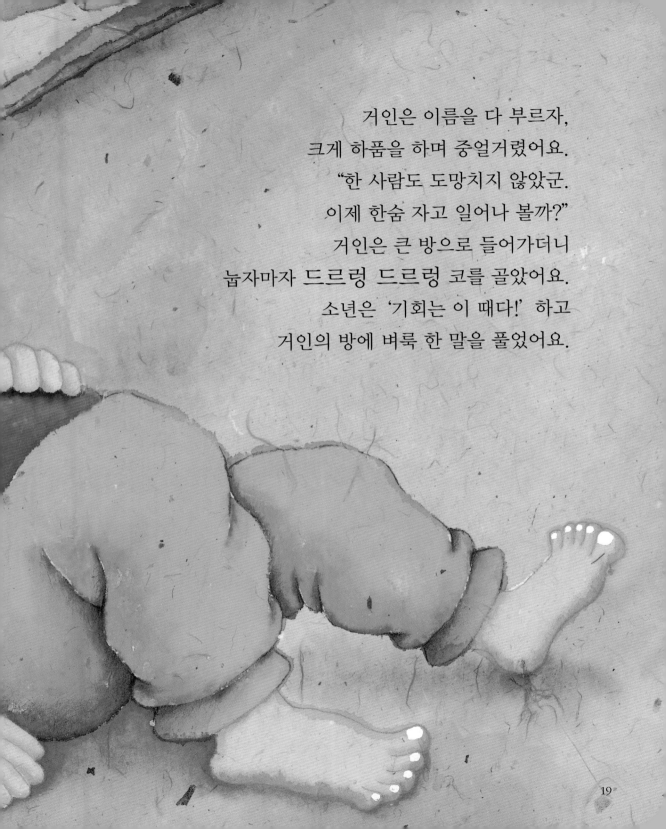

거인은 이름을 다 부르자,
크게 하품을 하며 중얼거렸어요.
"한 사람도 도망치지 않았군.
이제 한숨 자고 일어나 볼까?"
거인은 큰 방으로 들어가더니
눕자마자 드르렁 드르렁 코를 골았어요.
소년은 '기회는 이 때다!' 하고
거인의 방에 벼룩 한 말을 풀었어요.

얼마 뒤, 거인은 온몸을 벅벅 긁으며 방에서 뛰쳐나왔어요.
"아이고, 가려워! 웬 벼룩이 이렇게 득실거린담*?"
거인은 한참 동안 벼룩을 털어 내느라 야단이었어요.
그러더니 이번에는 마루에 벌러덩! 누워 또 잠이 들었어요.
소년이 다시 빈대 한 말을 몰래 풀었어요.
빈대는 꼬물꼬물 거인의 몸 위로 올라가
마구 물어뜯기 시작했어요.
"아이구, 가려워! 빈대 때문에 잠을 잘 수가 없군!"

*득실거리다 : (사람·짐승·벌레 따위가) 많이 모여 자꾸 움직임.

20

거인은 긁적긁적 몸을 긁으며 숲 속으로 들어갔어요.
그러고는 커다란 소나무 밑에 누워 다시 잠을 잤어요.
소년은 바늘이 든 자루를 메고 살그머니 나무 위로 올라
갔어요.
"이 나쁜 거인아, 이번에는 바늘 맛 좀 봐라!"
소년이 바늘 자루를 거꾸로 들자, 바늘이
우르르 떨어져 거인의 몸에 콕콕! 박혔어요.

"아얏, 따가워! 소나무에서 웬 바늘이 떨어진담?
아함! 졸려 죽겠네."
거인은 몸에 박힌 바늘을 뽑아 내며 하품을 했어요.
"할 수 없군. 마지막 방법을 써야겠어."
거인은 투덜거리며 집으로 다시 돌아가더니
부엌으로 가서 커다란 솥뚜껑을 열었어요.
그러더니 솥* 안으로 들어가서 주문을 외우기 시작했어요.

*솥 : 밥을 짓거나 국 따위를 끓이는 그릇.

24

252525

25

252525

"수리수리 마하수리! 작아져라, 작아져!"

그러자 거인의 몸이 솥 안으로 쏙 들어갈 정도로 작아졌어요.

거인은 솥 안에 누워 뚜껑을 덮은 채 다시 잠을 잤어요.

"잘 됐다. 바로 이 때야!"

몰래 거인을 지켜보고 있던 소년은 커다란 돌을

얼른 솥뚜껑 위에 올려놓았어요.

그러고는 아궁이에 불을 때기 시작했어요.

"으악! 살려 줘!"

마침내 거인은 솥에서 빠져 나오지 못하고 죽고 말았어요.

소년은 광으로 달려가 문을 활짝 열었어요.
"어서들 나오세요!"
소년의 아버지와 함께 광 안에 있던 사람들이
밖으로 우르르 뛰어나왔어요.
"후유, 이제 살았네. 얘야, 고생이 많았구나!"
아버지가 기뻐하며 말했어요.
"아버지, 어딘가에 사람들이 더 갇혀 있을지도 몰라요.
좀 더 찾아 봐야겠어요."
소년은 아버지와 함께 거인의 집을 샅샅이 뒤졌어요.

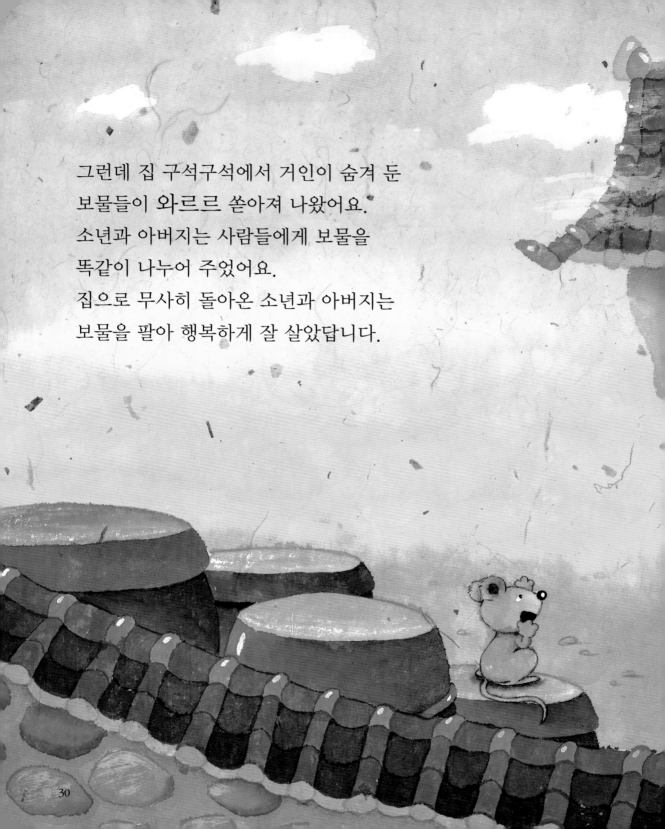

그런데 집 구석구석에서 거인이 숨겨 둔
보물들이 와르르 쏟아져 나왔어요.
소년과 아버지는 사람들에게 보물을
똑같이 나누어 주었어요.
집으로 무사히 돌아온 소년과 아버지는
보물을 팔아 행복하게 잘 살았답니다.

● 상상의 날개를 펼쳐요 ●

솥 안에 든 거인

내가 만드는 이야기

아이들이 들려 주는 이야기를 들어 본 적이 있나요?

그 이야기 속에는 아이들의 무한한 상상력과 창의력이 담겨 있음을 발견하게 될 것입니다.

번호대로 그림을 보면서 앞에서 읽었던 내용을 생각하고,

아이들만의 상상력과 창의력이 표현된 이야기를 만들어 보게 해 주세요.

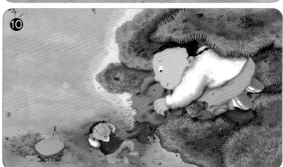

솥 안에 든 거인

옛날 옛적 거인과 용감한 소년 이야기

〈솥 안에 든 거인〉은 용감한 소년이 산신령의 도움으로 거인에게 잡혀간 아버지를 구한다는 이야기입니다.

우리 나라의 설화 중에도 거인을 다룬 이야기들이 있습니다. 대부분의 이야기가 힘센 거인의 신기한 활약을 주로 묘사하고 있는 반면에, 〈솥 안에 든 거인〉은 주인공 소년이 사람들을 괴롭히는 거인을 혼내 주는 이야기 구조입니다. 소년은 기지를 발휘해 거인을 혼내 주고 무사히 아버지와 마을 사람들을 구할 뿐만 아니라 거인의 보물까지 갖게 되지요.

벼룩과 빈대, 바늘 한 말을 이용해 거인을 꼼짝 못하게 하는 소년의 활약은 통쾌하고 재미있습니다. 비록 그것이 산신령의 가르침을 받은 것이긴 했지만 용기를 내서 거인의 집에 들어간 것은 소년 자신이었지요. 아버지를 구하려는 소년의 효심 앞에 거인에 대한 두려움 따위는 문제가 되지 않았던 것입니다.

이 이야기는 아무리 미미한 존재라도 그것이 모이면 커다란 힘을 발휘할 수 있다는 교훈을 전해 줍니다. 또한 자신보다 힘센 거인에게 억지로 맞서는 것이 아니라, 지혜와 용기를 발휘하여 거인을 물리치고 거인의 보물까지 발견하는 소년의 모습을 통해 배움과 용기의 중요성을 깨닫게 합니다.

▲ 사람과 동물의 살갗에 살며 피를 빠는 벼룩을 현미경으로 확대하여 본 모습.